westermann

Nachschlagen üben

Arbeitsheft zum Wörterbuch für die Grundschule Klasse 1/2

Erarbeitet von

Theresa Fliegert

Miriam Jacobs

Christine Pannen

Illustriert von

Matthias Berghahn

Katja Schmiedeskamp

Inhalt

Das ABC lernen und üben **4–15**

Anlautbilder und Buchstaben zuordnen 4–5

Das ABC lernen 6–7

Das ABC üben 8–9

Wörter nach dem ersten Buchstaben ordnen 10–11

Wörter nach dem zweiten Buchstaben ordnen 12

Wörter nach dem dritten Buchstaben ordnen 13

Alphabetische Wörterlisten korrigieren 14

Alphabetische Wörterlisten ergänzen 15

Themen-Wortschatz für Klasse 1 und 2 .... **16–23**

Den Themen-Wortschatz erkunden 16

Den Themen-Wortschatz nutzen 17

Wörter richtig abschreiben - Farben 18

Wörter richtig abschreiben - Zahlen 19

Wörter richtig abschreiben - Die Woche 20

Wörter richtig abschreiben - Spielen 21

Texte planen und schreiben - Die Familie 22

Texte planen und schreiben - Spielen 23

Alphabetischer Wortschatz für Klasse 1 24–31
Den alphabetischen Wortschatz für Klasse 1 erkunden 24
Nomen suchen 25
Verben, Adjektive und andere Wörter suchen 26
Reimen und suchen: Nomen, Verben und Adjektive 27
Wörter suchen und Sätze ergänzen 28
Wörter suchen und Texte ergänzen 29
Fehler in Wörtern vermeiden 30
Fehler in Sätzen finden 31

Alphabetischer Wortschatz für Klasse 2 32–55
Den alphabetischen Wortschatz für Klasse 2 erkunden 32–33
Wörter Schritt für Schritt nachschlagen 1 34–35
Wörter Schritt für Schritt nachschlagen 2 36–37
Wörter mit Umlauten nachschlagen 38–39
Wörter mit ß nachschlagen 40
Wörter mit St/st, Sp/sp, Qu/qu nachschlagen 41
Nomen in der Einzahl nachschlagen 42–43
Verben in der Grundform nachschlagen 44–45
Nomen, Adjektive und Verben nachschlagen 46–47
Wortarten nachschlagen 48–49
Wörter nachschlagen und Sätze ergänzen 50
Wörter nachschlagen und Texte ergänzen 51
Ein Gespür für Fehler entwickeln 52
Fehler in Sätzen finden 53
Fehler in Texten finden 54–55

Portfolio 56

Anlautbilder und Buchstaben zuordnen

8–9

1 Verbinde.

a

A / a E / e I / i O / o U / u

b

Au / au Ä / ä Eu / eu Ei / ei Ü / ü Ö / ö

2 Verbinde.

S / s G / g P / p K / k B / b

J / j

D / d

L / l

T / t

R / r

F / f H / h N / n W / w M / m

3 Verbinde.

a

V / v C / c X / x Z / z Y / y

b

Qu / qu Sch / sch Pf / pf St / st Sp / sp

4 Schreibe die Anlaute zu den Anlautbildern.

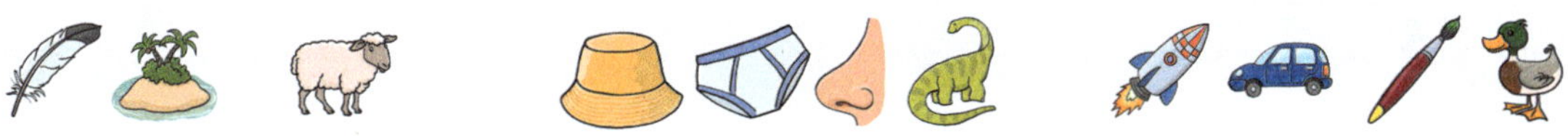

F __ ____   __ __ __ __   __ ____ __ __

5 Schreibe die Wörter aus Aufgabe **4**.
Schreibe nur den ersten Buchstaben groß.

Fisch ________ ________

6 Suche Wörter im Wörterbuch.
Schreibe eigene Bildrätsel mit
den Anlautbildern in dein Heft.

8–9

A B C D E F G H I J K L M N O P Qu R S T U V W X Y Z

1 Verbinde die Buchstaben in der richtigen Reihenfolge.

a

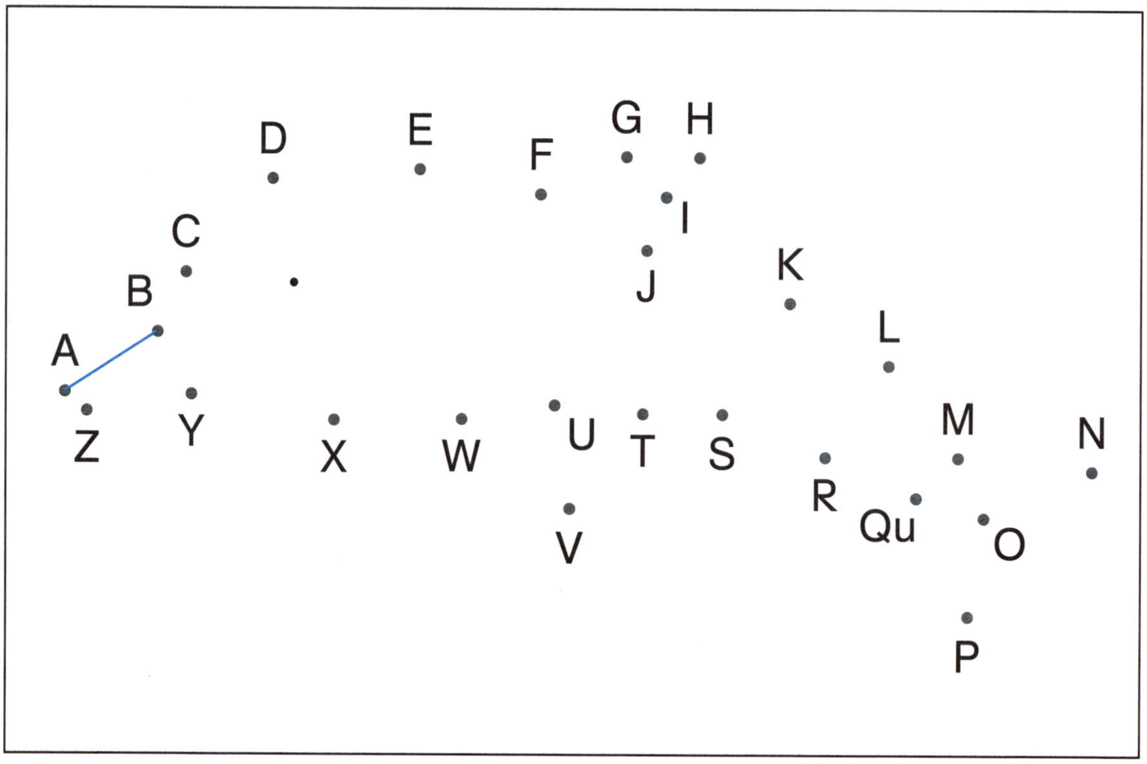

b

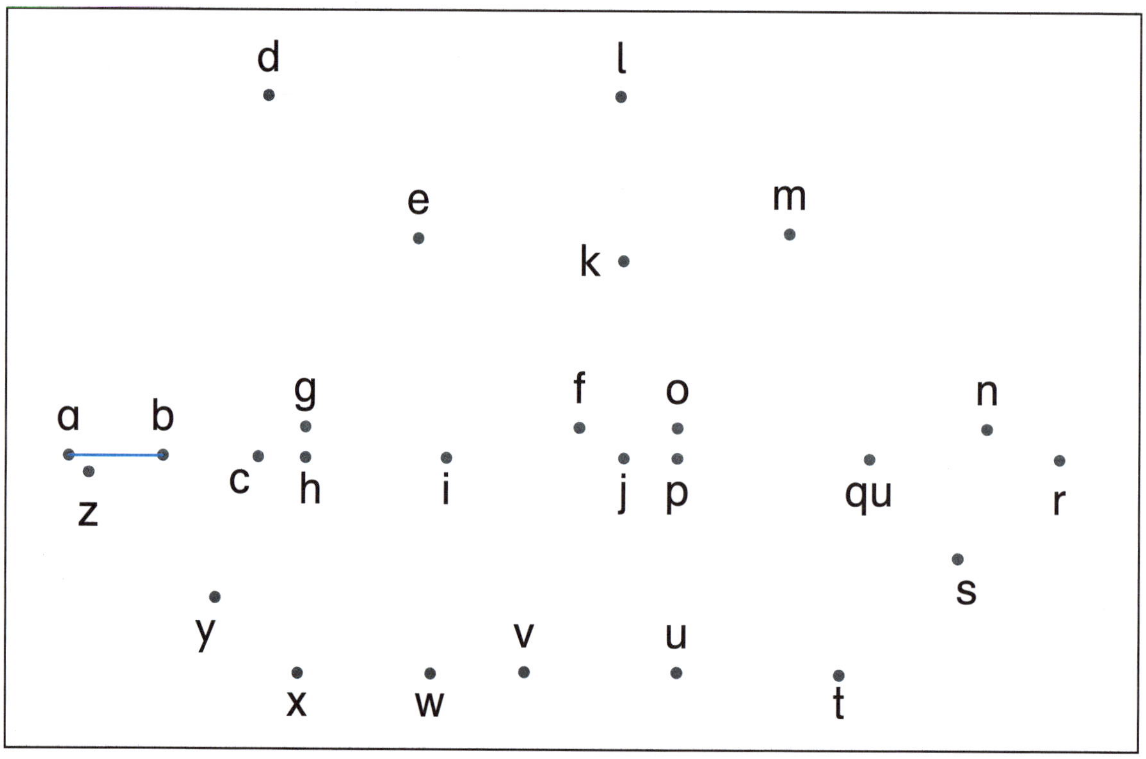

Das ABC lernen und üben – Klasse 1 und 2, Wörterbuch Seite 8-9:
- die Reihenfolge der Buchstaben im Alphabet kennen

8–9

2 Schreibe die fehlenden Buchstaben.

ⓐ

ⓑ

A	B	C	D		F	G		I	J
a	b			e			h		
K		M	N		P		R	S	T
	l			o		qu			
U		W	X	Y					
	v				z				

3 Denke dir einen ABC-Rap aus.
Schreibe ihn in dein Heft.

A B C D E F G H I J K L M N O P Qu R S T U V W X Y Z

8–9

A B C D E F G H I J K L M N O P Qu R S T U V W X Y Z

1 Schreibe die fehlenden Buchstaben.

a

A	B	C	D	E		G		I
J		L	M		O		Qu	R
S	T		V		X	Y		

b

G	H	I	P		R	J		L
M	N		A	B		S	T	
	W	X	X		Z			

c

C	D	E		G		
U			X	Y	Z	
O	P	Qu			T	
H	I	J		L		N

d

Qu	R		T		J	K				O

2 Schreibe die Nachbarbuchstaben.
Die Buchstaben jeder Spalte ergeben ein Wort. Schreibe es.

a

R	S	Qu	___	R	___
N	O	H	___	S	___
M	N	D	___	D	___
M	N	R	___	Qu	___
D	E	D	___	M	___

SONNE ______ ______

b

A	B	___	C	___	H
P	Qu	___	J	___	V
F	G	___	S	___	S
E	F	___	O	___	L
L	M	___	F	___	F

APFEL ______ ______

3 Schreibe die Wörter aus Aufgabe **2**.

> Nomen schreibst du groß. **!**

 Sonne
 ______
 ______
 ______
 ______
 ______

A B C D E F G H I J K L M N O P Qu R S T U V W X Y Z

8–9

A B C D E F G H I J K L M N O P Qu R S T U V W X Y Z

1 Markiere in den Wörtern den ersten Buchstaben.
Nummeriere nach dem ABC.

! Schreibe jedes Wort auf einen Zettel. Ordne die Wörter auf den Zetteln dann nach dem ABC.

a

(2)  **B**anane	( ) 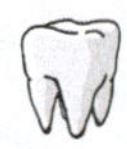 Zahn	( )  Ball
(3)  **K**irsche	( )  Arm	( )  Tor
(1)  **A**pfel	( )  Kopf	( )  Schuh

b

( ) sauer	( ) kalt	( ) groß
( ) reich	( ) lieb	( ) toll
(1) alt	( ) sauber	( ) lang

c

( ) baden	( ) denken	( ) gehen
( ) lachen	( ) sagen	( ) laufen
( ) tanzen	( ) lernen	( ) rennen

d

( ) Geld	( ) blau	( ) Freunde
( ) neu	( ) Flasche	( ) pfeifen
( ) suchen	( ) malen	( ) laut

2 Markiere in den Wörtern den ersten Buchstaben.
Nummeriere nach dem ABC.
Schreibe die Wörter nach dem ABC geordnet.

a

1 Blume — Blume
3 Verbot — Regen
2 Regen
4 Wanne

b

quaken
sinken
machen
niesen

c

rund
nass
schlau
bunt

c

Mutter
Kind
rutschen
still

A B C D E F G H I J K L M N O P Qu R S T U V W X Y Z

Das ABC lernen und üben – Klasse 1 und 2, Wörterbuch Seite 8-9:
- Wörter nach dem Alphabet nach dem 1. Buchstaben ordnen
- Wörter nach dem Alphabet geordnet schreiben

8–9

A B C D E F G H I J K L M N O P Qu R S T U V W X Y Z

1 Nummeriere nach dem ABC.

a

◯ Aufgabe	◯ lernen	
◯ Arbeit	◯ lieben	
(1) Antwort	◯ lachen	
◯ flüssig	◯ Vulkan	◯ zeigen
◯ falsch	◯ Vase	◯ zaubern
◯ frisch	◯ Vogel	◯ ziehen

Wenn der erste Buchstabe gleich ist, achte auf den zweiten Buchstaben.

b

◯ fliegen	◯ winken	◯ kennen
◯ fragen	◯ werfen	◯ kaufen
◯ finden	◯ waschen	◯ kicken
◯ fehlen	◯ wollen	◯ kleben
◯ folgen	◯ wundern	◯ kommen

2 Markiere in den Wörtern den ersten und zweiten Buchstaben.
Nummeriere nach dem ABC.
Schreibe die Wörter nach dem ABC geordnet.

◯ Decke ____________________

(1) danken ____________________

◯ Dieb ____________________

◯ dunkel ____________________

◯ Drache ____________________

Das ABC lernen und üben – Klasse 1 und 2, Wörterbuch Seite 8-9:
- Wörter nach dem Alphabet nach dem 2. Buchstaben ordnen und schreiben
- Wörter nach dem Alphabet geordnet schreiben

8–9

1 Markiere in den Wörtern den zweiten und dritten Buchstaben. Nummeriere nach dem ABC. Schreibe die Wörter nach dem ABC geordnet.

a

◯ wandern wachen
1 wachen ____________
2 wagen ____________
◯ warten ____________

> **!** Wenn die ersten beiden Buchstaben gleich sind, achte auf den dritten Buchstaben.

b

◯ treffen ____________
◯ trommeln ____________
◯ tragen ____________
◯ trinken ____________

c

◯ fahren ____________
◯ fassen ____________
◯ fangen ____________
◯ fallen ____________

2 Schreibe die Wörter nach dem ABC geordnet in dein Heft.

freuen Freund Fremde fliegen Freude fremd

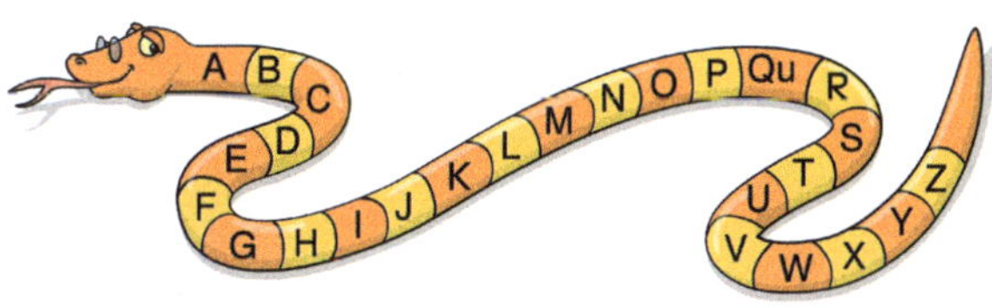

A B C D E F G H I J K L M N O P Qu R S T U V W X Y Z

8–9

A B C D E F G H I J K L M N O P Qu R S T U V W X Y Z

1 Streiche in jedem Kasten das falsch eingeordnete Wort.

a)

Rad	Zahl	Dach	Fisch
Rose	Zeh	Tante	Fliege
Seife	Zimmer	Decke	Frosch
~~Ring~~	Wurm	Dieb	Biene

b)

Ameise	Brief	Dach	Wolke
Anfang	Bus	Dusche	Weg
Ampel	Brot	Dank	Welt
Amsel	Bruder	Daumen	Wetter

c)

Feder	Hafen	Pfirsich	Nacht
Ferien	Hammer	Pfanne	Name
Feld	Hand	Pfeil	Nashorn
Fenster	Hals	Pfote	Nagel

d)

Saal	wehren	hinter	ich
Sahne	wecken	Hirsch	irren
Salami	Wecker	hinken	Idee
saftig	weg	hoch	impfen
Salat	wegen	Honig	Inhalt

2 Schreibe alle falsch eingeordneten Wörter aus Aufgabe **1** nach dem ABC geordnet in dein Heft.

8–9

1 Wähle die passenden Wörter aus. Kreise sie ein. Schreibe sie.

a)

Socke	Wasser
Sommer	Sommer
Sonne	

Welt	Wind
___	Maus
Woche	

b)

Eimer	Esel
___	Eltern
Ende	
Erde	

Vampir	Vogel
Vater	Vase
___	
Vulkan	

c)

___	Schwein
Schere	Schiff
___	Schaf
Schule	

Raum	Robbe
Regen	Rad
___	Reis
___	

d)

Boden	Brille
___	Boxer
breit	bringen
___	bequem
___	
Brot	

___	Hand
Hals	halten
Hammer	Haar
___	hart
Handy	
___	

A B C D E F G H I J K L M N O P Qu R S T U V W X Y Z

Den Themen-Wortschatz erkunden

14–23

1 Kreuze die neun Themen an, die du im Themen-Wortschatz auf den Seiten 14 bis 23 findest.

☐ Die Familie	☐ Zahlen	☐ Wohnen
☐ Der Körper	☐ Das Wetter	☐ Tiere
☐ Farben	☐ Die Woche	☐ Spielen
☐ Kleidung	☐ Das Jahr	☐ Medien

2 Finde zu jedem Buchstaben im Themen-Wortschatz ein passendes Wort. Schreibe es mit der, die oder das.

a) Der Körper 15

A	der Arm	D	___
G	___	N	___

b) Tiere 20 und 21

D	der Delfin	Qu	___
G	___	Z	___
N	___	W	___

c) Medien 23

B	der Bildschirm	C	___
H	___	Z	___

Aufgaben zum Themen-Wortschatz für Klasse 1 und 2, Wörterbuch Seite 14-23:
- Themen des Themen-Wortschatzes identifizieren
- Nomen zu vorgegebenen Themen nachschlagen und mit Artikel schreiben

Den Themen-Wortschatz nutzen

14–23

1 Suche die Wörter im Themen-Wortschatz.
Schreibe die Wörter.

Das Auto ist blau und  16 gelb .

Nach dem Tag folgt die  18 ________________ .

Das Heft hat 20 17 ________________ Seiten.

Im Gras sitzt ein grüner  20 ________________ .

Das Kind fährt mit dem  22 ________________ .

2 Schlage Seite 19 auf.
Suche passende Wörter.
Schreibe die Wörter.

Die vier Jahreszeiten heißen Frühling ,
________________ , ________________ und ________________ .

Ein Jahr hat zwölf ________________ .

Das neue Jahr beginnt im Monat ________________ .

Nach dem Monat Juni folgt der ________________ .

Mein Geburtstag ist im Monat ________________ .

Aufgaben zum Themen-Wortschatz für Klasse 1 und 2, Wörterbuch Seite 14-23:
- Sätze mit vorgegebenen Wörtern aus dem Themen-Wortschatz ergänzen
- Sätze mit selbst gewählten Wörtern aus dem Themen-Wortschatz „Das Jahr“ vervollständigen

14–23

1 Schlage Seite 16 auf. Schreibe die Farbwörter richtig ab.

 pink

 ____________________

 ____________________

 ____________________

 ____________________

 ____________________

 ____________________

 ____________________

 ____________________

 ____________________

 ____________________

 ____________________

2 Schreibe passende Wörter aus Aufgabe 1.

Ich male ein buntes Bild.

Meine Lieblingsfarbe ist ____________________ .

Ich mische die Farben ____________________ und ____________________ .

Die Sonne auf meinem Bild ist ____________________ .

3 Schreibe Sätze über die Farben des Regenbogens.

Der Regenbogen ist

Aufgaben zum Themen-Wortschatz für Klasse 1 und 2, Wörterbuch Seite 14-23:
- Wörter aus dem Themen-Wortschatz „Farben“ abschreiben
- Sätze mit Wörtern aus dem Themen-Wortschatz „Farben“ vervollständigen und schreiben

14–23

1 Schlage Seite 17 auf. Schreibe die Zahlwörter richtig ab.

0 null ____________ 7 ____________
1 ____________ 8 ____________
2 ____________ 9 ____________
3 ____________ 10 ____________
4 ____________ 11 ____________
5 ____________ 12 ____________
6 ____________ 20 ____________

100 einhundert ____________

1 000 ____________

1 000 000 ____________

2 Schreibe passende Wörter aus Aufgabe 1.

Ich zähle acht Blumen.

Ich bin ____________ Jahre alt.

Ich kann bis ____________ zählen.

Meine Lieblingszahl ist ____________ .

3 Schreibe eigene Sätze mit Zahlen in dein Heft.

Aufgaben zum Themen-Wortschatz für Klasse 1 und 2, Wörterbuch Seite 14-23:
- Wörter aus dem Themen-Wortschatz „Zahlen“ abschreiben
- Sätze aus dem Themenwortschatz „Zahlen“ vervollständigen und schreiben

Wörter richtig abschreiben – Die Woche

14–23

1 Schlage Seite 18 auf.

a Schreibe die Wörter für die Tage ab, an denen du zur Schule gehst.

Montag,

b Schreibe die Wörter für die Tage ab, an denen Wochenende ist.

Samstag,

2 Suche passende Wörter. Schreibe die Wörter.

Eine Woche hat sieben Tage.

Gestern war ______________ .

Heute ist ______________ . Morgen ist ______________ .

3 Schreibe den Satz weiter.

Mein Lieblingstag ist ______________ ,

denn ______________

Aufgaben zum Themen-Wortschatz für Klasse 1 und 2, Wörterbuch Seite 14-23:
- Wörter aus dem Themen-Wortschatz „Die Woche“ abschreiben
- Sätze aus dem Themen-Wortschatz „Die Woche“ vervollständigen und schreiben

14–23

1 Schlage Seite 22 auf. Schreibe die Wörter richtig ab.

 die Rutsche

 ____________________

 ____________________

 ____________________

 ____________________

 ____________________

 ____________________

 ____________________

 ____________________

 ____________________

 ____________________

 ____________________

2 Wähle aus und kreuze an. Schreibe die Sätze.

 ☒ mit einem Teddy

 ☐ mit einer Puppe

 ☐ ein Spiel

Wir spielen mit einem Teddy.

 ☐ mit Würfeln

 ☐ im Sand

 ☐ mit Freunden

Ich baue ____________________.

 ☐ an einer Schaukel

 ☐ mit einem Seil

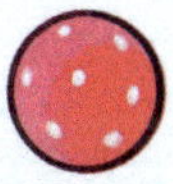 ☐ mit einem Ball

Du spielst ____________________.

Aufgaben zum Themen-Wortschatz für Klasse 1 und 2, Wörterbuch Seite 14-23:
- Wörter aus dem Themen-Wortschatz „Spielen" abschreiben
- Sätze aus den Themen-Wortschatz „Spielen vervollständigen und schreiben

Texte planen und schreiben – Die Familie

14–23

1 Schlage Seite 14 auf.
Schreibe Wörter, die zu dir und deiner Familie passen.

Familie

ich

Verwende beim Schreiben die Satzanfänge aus dem Themen-Wortschatz.

2 Schreibe mit den Wörtern aus Aufgabe **1** mindestens drei Sätze.

14–23

1 Schlage Seite 22 auf.
Schreibe Wörter, die du interessant findest.

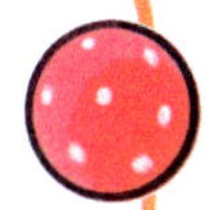

der Freund

die Freundin

2 Schreibe mit den Wörtern von Aufgabe 1 mindestens drei Sätze.

3 Schreibe einen Text zu einem anderen Thema
des Themen-Wortschatzes in dein Heft.

28 – 53

1 Schlage die Seiten auf.
Schreibe die Buchstaben, die in der ABC-Leiste hervorgehoben sind.

> Tipps zur ABC-Leiste und anderen Begriffen findest du auf den Seiten 24-25 im Wörterbuch.

Seite 28	A	Seite 31	___	Seite 35	___
Seite 39	___	Seite 42	___	Seite 46	___
Seite 47	___	Seite 52	___	Seite 53	___

A B C D E F G

2 Suche die Anlautbilder.
Schreibe die Buchstaben. Schreibe die Seitenzahlen.

a

 Au au (28)

 ___ ( )

 ___ ( )

 ___ ( )

 ___ ( )

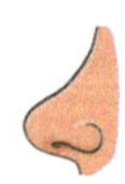 ___ ( )

___ ( )

 ___ ( )

b

 ___ ( )

 ___ ( )

 ___ ( )

 ___ ( )

 ___ ( )

 ___ ( )

 ___ ( )

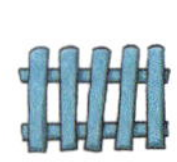 ___ ( )

Aufgaben zum alphabetischen Wortschatz für Klasse 1, Wörterbuch Seite 28-53:
- sich im Wörterbuch orientieren: Buchstaben in der ABC-Leiste suchen
- sich im Wörterbuch orientieren: Anlautbilder suchen

28 – 53

1 Suche die Wörter. Schreibe die großen Anfangsbuchstaben.
Schreibe die Wörter. Schreibe die Seitenzahlen.

a

 Au das Auge 28

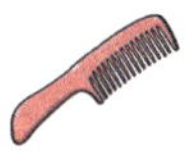 K

b

c

d

2 Suche weitere Wörter in den blauen Kästen.
Schreibe die Wörter und die Seitenzahlen in dein Heft.

Verben, Adjektive und andere Wörter suchen

28 – 53

1 Suche die Wörter.
Schreibe die zwei folgenden Wörter und die Seitenzahlen.

a

31

danken
denken
dürfen

geben

sagen

b

böse

laut

schlau

c

oben

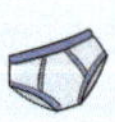

über

was

Aufgaben zum alphabetischen Wortschatz für Klasse 1, Wörterbuch Seite 28-53:
- sich im Wörterbuch orientieren: Verben, Adjektive und andere Wörter suchen

28 – 53

1 Lies und reime. Suche die Reimwörter.
Schreibe die Reimwörter. Schreibe die Seitenzahlen.

a

der Mast	– der		Ast	28
das Fest	– das			
der Traum	– der			
der Preis	– der			

2 Lies. Suche die Reimwörter auf den Seiten.
Schreibe die Reimwörter.

a

schauen	–	29	bauen
schenken	–	31	
tragen	–	33	

b

warm	–	28	arm
schnell	–	35	
fett	–	40	

3 Finde eigene Reimwörter.
Suche sie im Wörterbuch.
Schreibe sie mit den Seitenzahlen in dein Heft.

Aufgaben zum alphabetischen Wortschatz für Klasse 1, Wörterbuch Seite 28-53:
- sich im Wörterbuch orientieren: Nomen, Verben und Adjektive suchen
- Reimwörter identifizieren und schreiben

28 – 53

1 Suche die Wörter.
Schreibe die Wörter. Schreibe die Seitenzahlen.

(a)

Anna mag  Äpfel ______ 28 .

Tom mag  ______ ( ) .

Bella mag  ______ ( ) .

Mama mag  ______ ( ) .

(b)

Tara spielt  ______ ( ) .

Sie spielt im  ______ ( ) .

Papa spielt  ______ ( ) .

Er spielt im  ______ ( ) .

(c)

Linus isst gern  ______ ( ) .

Emir isst gern  ______ ( ) .

Livia isst gern 

______ ( ) .

Jannis isst gern  ______ ( ) .

Aufgaben zum alphabetischen Wortschatz für Klasse 1, Wörterbuch Seite 28-53:
- Sätze mithilfe des Wörterbuches ergänzen

28–53

1 Suche die Wörter. Schreibe die Wörter.
Schreibe die Seitenzahlen.

a

Wir gehen in den  Zoo ___ (53).

Die  ___ ( ) scheint.

Ein  ___ ( ) brüllt.

Der  ___ ( ) sieht lustig aus.

Dort ist auch ein  ___ ( ).

Er frisst einen  ___ ( ).

b

Ich gehe in den  ___ ( ).

Dort setze ich mich auf eine  ___ ( ).

Eine  ___ ( ) huscht vorbei.

Eine  ___ ( ) krabbelt am Boden.

Ich gehe weiter zu einer  ___ ( ).

Ich pflücke eine  ___ ( ).

Zuhause stelle ich sie ins  ___ ( ).

Fehler in Wörtern vermeiden

28–53

1 Suche die Wörter. Schreibe die Wörter mit der, die oder das. Schreibe die Seitenzahlen.

a

K___ — der Käse — 37

Zei___

Qu___

Ora___

b

Ku___

Ke___

Ö___

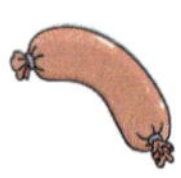
Wu___

c

___pfel

___laster

___reme

___erband

Aufgaben zum alphabetischen Wortschatz für Klasse 1, Wörterbuch Seite 28-53:
- Fehlersensibilität entwickeln
- unvollständige Wörter mithilfe des Wörterbuches ergänzen: Nomen

Fehler in Sätzen finden

28–53

1 Suche die Wörter. Streiche die falschen Wörter durch.
Schreibe die Seitenzahlen.

a

Im ~~Gahten~~ / Garten blühen die Blumen. 34

Das Huhn / Hun legt ein Ei.

Er hat einen Huht / Hut.

b

Morgen wollen wir basteln / bassteln.

Wir geen / gehen zum Sport.

Ich mag gerne vorlesen / forlesen.

c

Die Schule beginnt frü / früh.

Der Tee ist heis / heiß.

Das finde ich toll / tol.

d

Ich helfe dia / dir gern.

Wir fahren bald / balt los.

Das Auto fährt for / vor uns.

2 Schreibe die Sätze richtig in dein Heft.

Aufgaben zum alphabetischen Wortschatz für Klasse 1, Wörterbuch Seite 28-53:
- Fehlersensibilität entwickeln
- Fehlschreibungen in Sätzen mithilfe des Wörterbuches identifizieren

Den alphabetischen Wortschatz für Klasse 2 erkunden

58 – 91

1 Schlage die Seiten auf. Schreibe die Buchstaben, die in der ABC-Leiste hervorgehoben sind.

Seite 58	A	Seite 64	___	Seite 70	___
Seite 78	___	Seite 84	___	Seite 91	___

A
B
C
D

2 Lies und verbinde die Erklärungen mit den Fachbegriffen.

Tipps und Erklärungen findest du auf den Seiten 54–55 im Wörterbuch.

Den ersten Buchstaben eines Wortes nennt man den ... •	• **Anfangsbuchstaben.**
Der Buchstabe, um den es auf der Seite geht, ist deutlich hervorgehoben in der ... •	• **Spalten.**
Die Wörter einer Seite stehen in zwei ... •	• **ABC-Leiste.**
Die dick gedruckten Einträge in der Wörterliste nennt man ... •	• **Kopfwort.**
Das erste Wort oben auf der linken Seite und das letzte Stichwort auf der rechten Seite nennt man ... •	• **Stichwörter.**

Aufgaben zum alphabetischen Wortschatz für Klasse 2, Wörterbuch Seite 58-91:
- in der ABC-Leiste nachschlagen
- Erklärungen und Fachbegriffe zuordnen

3 Schlage die Kopfwörter nach. Schreibe sie.

Seite 64 Eis ____________ Seite 65 fragen ____________

Seite 74 ____________ Seite 75 ____________

Seite 86 ____________ Seite 87 ____________

4 Schlage nach. Schreibe immer das erste Stichwort.
Schreibe Nomen mit dem Artikel. Schreibe die Seitenzahlen.

H h  das Haar ____________ (68)

K k  ____________ ( )

N n 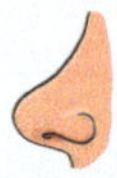 ____________ ( )

Z z 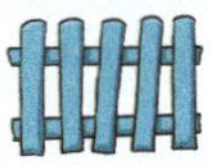 ____________ ( )

5 Schlage nach. Schreibe immer das erste Stichwort.
Schreibe Nomen mit dem Artikel. Schreibe die Seitenzahlen.

S s  der Saal ____________ (80)

Sch sch  ____________ ( )

Sp sp  ____________ ( )

St st  ____________ ( )

Aufgaben zum alphabetischen Wortschatz für Klasse 2, Wörterbuch Seite 58-91:
- Kopfwörter nachschlagen
- Anfangsbuchstaben zur Orientierung nutzen und Wörter aufschreiben

58–91

1 Lies, wie du Wörter Schritt für Schritt nachschlagen kannst.

1.	das Wort sprechen  **Tonne**	
2.	den Anfangslaut bestimmen  **Tonne**	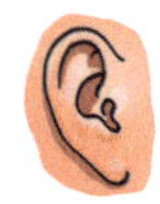
3.	den Anfangsbuchstaben in der ABC-Leiste suchen   Den Anfangsbuchstaben **T** finde ich auf den Seiten 85-86.	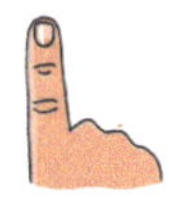
4.	den zweiten Buchstaben suchen  **T – o** **toben**, sie tobt die **Tochter**, die Töchter **toll**, der tolle Ausflug	
	den dritten Buchstaben suchen  **T – o – n** die **Tonne**, die Tonnen der **Topf**, die Töpfe das **Tor**, die Tore	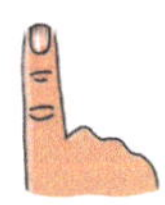
5.	das Wort finden  Das Wort **Tonne** finde ich auf der Seite 86.	

Aufgaben zum alphabetischen Wortschatz für Klasse 2, Wörterbuch Seite 58-91:
- Nachschlagetechnik lernen
- Wörterverzeichnisse nutzen lernen

58–91

2 Schlage die Wörter nach.
Schreibe auf, wie du die Wörter Schritt für Schritt nachschlägst.

a

1.		
2.		A
3.		58 – 59
4.		↓ Am
		↓ Amp
5.		Ampel, 58

b

1.		
2.		
3.		
4.		↓
		↓
5.		

c

1.		
2.		
3.		
4.		↓
		↓
5.		

d

1.		
2.		
3.		
4.		↓
		↓
5.		

Wörter Schritt für Schritt nachschlagen 2

58–91

1 Schlage die Wörter nach.
Schreibe auf, wie du die Wörter Schritt für Schritt nachschlägst.

(a)

1.		
2.		
3.		
4.		↓
		↓
5.		

(b)

1.		
2.		
3.		
4.		↓
		↓
5.		

(c)

1.		
2.		
3.		
4.		↓
		↓
5.		

(d)

1.		
2.		
3.		
4.		↓
		↓
5.		

Aufgaben zum alphabetischen Wortschatz für Klasse 2, Seite 58-91:
- Nachschlagetechnik lernen
- Wörterverzeichnisse nutzen lernen

(e)

1.		
2.		
3.		
4.		↓
		↓
5.		

(f)

1.		
2.		
3.		
4.		↓
		↓
5.		

(g)

1.		
2.		
3.		
4.		↓
		↓
5.		

(h)

1.		
2.		
3.		
4.		↓
		↓
5.		

58–91

1 Markiere die Umlaute in den Wörtern.

Ärztin Öl Übung

> **!** Schlage so nach:
> **Ä** wie **A**, **ä** wie **a**,
> **Ö** wie **O**, **ö** wie **o**,
> **Ü** wie **U**, **ü** wie **u**.

2 Nummeriere nach dem ABC.

(3) Ast	( ) Öl	( ) Urlaub
(1) Abend	( ) Otter	( ) Übung
(2) Ärztin	( ) Opa	( ) Unfall

3 Schlage die Wörter nach. Schreibe die dick gedruckten Stichwörter davor und dahinter.

Arzt	____	____
Ärztin	**Öl**	**Übung**
____	____	____

____	____	____
ängstlich	**öffnen**	**überall**
____	____	____

Aufgaben zum alphabetischen Wortschatz für Klasse 2, Wörterbuch Seite 58-91:
- Nachschlagetechnik in Wörterverzeichnissen nutzen
- besondere Buchstaben nachschlagen: Umlaute als Anfangsbuchstaben

58 – 91

4 Markiere die Umlaute in den Wörtern.

böse Müll wählen

5 Nummeriere nach dem ABC.

◯ böse	◯ Musik	◯ Wald
◯ Brei	◯ morgen	◯ was
◯ Bonbon	◯ Müll	◯ wählen

6 Schlage die Wörter nach. Schreibe die dick gedruckten Stichwörter davor und dahinter.

________	________	________
böse	**müssen**	**wählen**
________	________	________

________	________	________
Köchin	**Bäcker**	**hübsch**
________	________	________

Wörter mit ß nachschlagen

58–91

1 Markiere **ß** in den Wörtern.

draußen begrüßen Gruß

Schlage so nach:
ß wie **ss.**

2 Nummeriere nach dem ABC.

(1) Ausflug	( ) Fliege	( ) grau
(3) Auto	( ) fleißig	( ) gruselig
(2) außen	( ) Fleisch	( ) Gruß

3 Schlage die Wörter nach. Schreibe die dick gedruckten Stichwörter davor und dahinter.

Draht **draußen** ______	______ **begrüßen** ______	______ **Gruß** ______
______ **fließen** ______	______ **Spaß** ______	______ **heiß** ______

Aufgaben zum alphabetischen Wortschatz für Klasse 2, Wörterbuch Seite 58-91:
- Nachschlagetechnik in Wörterverzeichnissen nutzen
- besondere Buchstaben nachschlagen: ß

58–91

1 Verbinde jedes Bild mit dem richtigen Anlautbild.

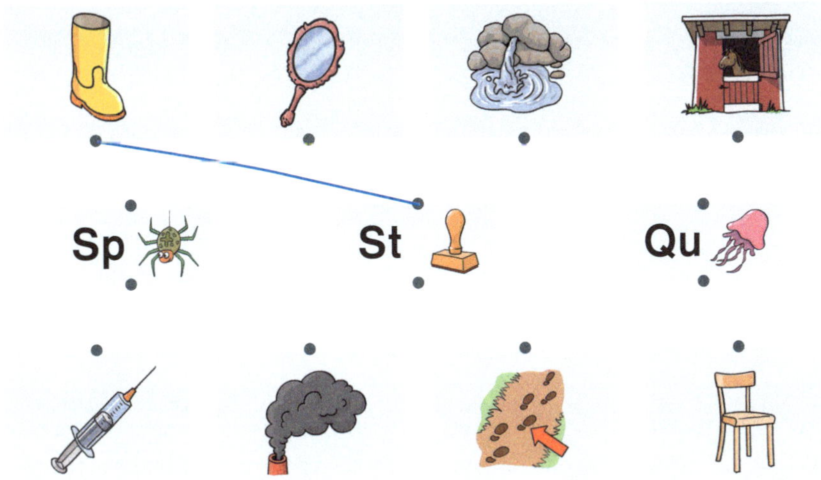

2 Schlage die Wörter nach. Schreibe die Wörter mit den Artikeln. Schreibe die Seitenzahlen.

> Schlage so nach:
> **scht** bei **St/st,**
> **schp** bei **Sp/sp,**
> **kw** bei **Qu/qu.**

a

die Spritze ______ 84

______

______

______

b

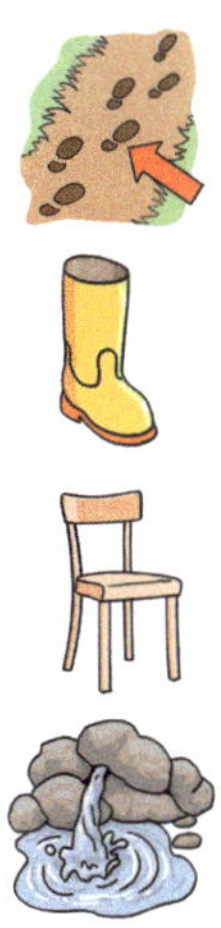

______

______

______

______

3 Schlage Adjektive mit **st** und **sp** am Wortanfang nach. Schreibe sie mit passenden Nomen in dein Heft.

Nomen in der Einzahl nachschlagen

58–91

1 Verbinde die Einzahl und die Mehrzahl der Nomen.

Einzahl	Mehrzahl
die Aufgabe	die Stühle
das Glas	die Öfen
der Stuhl	die Aufgaben
das Gespenst	die Füller
der Füller	die Gespenster
der Ofen	die Gläser

2 Schlage die Nomen nach. Schreibe sie in der Einzahl und in der Mehrzahl. Schreibe die Seitenzahlen.

das Bild, die Bilder ______ 60

______

______

______

______

______

______

______

Aufgaben zum alphabetischen Wortschatz für Klasse 2, Wörterbuch Seite 58-91:
- Nachschlagetechnik in Wörterverzeichnissen nutzen
- Einzahl (Singular) von Nomens kennen und nachschlagen; Mehrzahl (Plural) von Nomen schreiben

3 Schlage die Nomen nach.
Schreibe sie in der Einzahl.
Schreibe die Seitenzahlen.

Schlage Nomen in der Einzahl nach: Häuser ⇨ das Haus.

(a)

Einzahl	Mehrzahl	Seite
die Glocke	die Glocken	67
	die Meere	
	die Rinder	

(b)

Einzahl	Mehrzahl	Seite
	die Besen	
	die Onkel	
	die Schatten	

(c)

Einzahl	Mehrzahl	Seite
	die Räume	
	die Bücher	
	die Öfen	
	die Zähne	

4 Schlage weitere Nomen im Wörterbuch nach, bei denen die Einzahl und die Mehrzahl gleich sind.
Schreibe sie in dein Heft.

Aufgaben zum alphabetischen Wortschatz für Klasse 2, Wörterbuch Seite 58-91:
- Nachschlagetechnik in Wörterverzeichnissen nutzen
- Einzahl (Singular) von Nomens kennen und nachschlagen

58–91

1 Verbinde die Grundform und die gebeugte Form (Personalform) der Verben.

bekommen •	• er klettert
erklären •	• sie sitzt
klettern •	• sie lacht
sitzen •	• er singt
lachen •	• er bekommt
singen •	• sie erklärt

2 Schlage die Verben zu den Bildern nach. Schreibe sie in der Grundform und in der gebeugten Form (Personalform). Schreibe die Seitenzahlen.

schwimmen, er schwimmt ______ 82

______

______

______

______

______

______

Aufgaben zum alphabetischen Wortschatz für Klasse 2, Wörterbuch Seite 58-91:
- Nachschlagetechnik in Wörterverzeichnissen nutzen
- Grundform des Verbs kennen und nachschlagen

58–91

3 Schlage die Verben nach. Schreibe sie in der Grundform.
Schreibe die Seitenzahlen.

> Schlage Verben in der Grundform nach: du stehst ⇨ stehen.

a)

baden	sie badet	59
______	es schneit	
______	er staunt	
______	sie pflegt	

b)

______	es passt	
______	sie sagt	
______	sie hüpft	
______	er rechnet	

4 Schlage die Verben nach. Schreibe sie in der Grundform.
Schreibe die Seitenzahlen.

______	sie fängt	
______	sie wäscht	
______	er hält	
______	sie rät	

Aufgaben zum alphabetischen Wortschatz für Klasse 2, Wörterbuch Seite 58-91:
- Nachschlagetechnik in Wörterverzeichnissen nutzen
- Grundform des Verbs kennen und nachschlagen

58 – 91

1 Schlage die Nomen nach. Schreibe sie mit den Artikeln in der Einzahl und in der Mehrzahl. Schreibe die Seitenzahlen.

a)

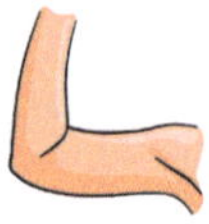
der Arm, die Arme — 58

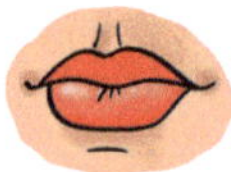
___ ( )

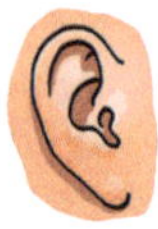
___ ( )

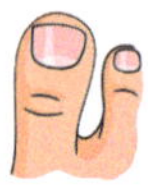
___ ( )

b)

___ ( )

___ ( )

___ ( )

___ ( )

2 Schlage die Adjektive nach.
Schreibe sie mit den Beispielen.
Schreibe die Seitenzahlen.

lieb — der liebe Opa — 73

gesund ___ ( )

neugierig ___ ( )

sandig ___ ( )

warm ___ ( )

Aufgaben zum alphabetischen Wortschatz für Klasse 2, Wörterbuch Seite 58-91:
- Nomen in Einzahl nachschlagen und mit der Mehrzahl schreiben
- Adjektive in der Grundform nachschlagen und mit Verwendungsbeispiel schreiben

3 Schlage die Verben nach. Schreibe die Grundformen und die gebeugten Formen (Personalformen). Schreibe die Seitenzahlen.

bitten	bitten, er bittet	60
drehen		
finden		

4 Schlage die Grundformen der Verben nach. Schreibe die Grundformen und die gebeugten Formen (Personalformen). Schreibe die Seitenzahlen.

er geht	gehen, sie geht	67
sie rennt		
sie ruft		

5 Schlage die Verben in der gebeugten Form nach. Schreibe die gebeugten Formen (Personalformen) und die Grundformen. Schreibe die Seitenzahlen.

! Manchmal stehen auch Personalformen im Wörterbuch. Der Pfeil verweist auf die Grundform. ⇨

er hilft	er hilft	69	⇨	helfen	68
ich bin			⇨		
sie weiß			⇨		

58–91

1 Schlage die Wörter nach.
Kreise Nomen blau, Verben rot und Adjektive grün ein.

Beere	dicht	feiern	Hitze
blind	drücken	fertig	hoffen
bewegen	Donner	Fluss	hungrig

2 Schlage passende Wörter nach.
Schreibe die Wörter. Schreibe die Seitenzahlen.

Nomen ein Tier der Storch 85	Nomen ein Körperteil	Nomen ein Fahrzeug
Verb mit **e** am Anfang	Verb mit **k** am Anfang	Verb mit **p** am Anfang
Adjektiv mit **u** am Anfang	Adjektiv mit **d** am Anfang	Adjektiv mit **r** am Anfang

Aufgaben zum alphabetischen Wortschatz für Klasse 2, Wörterbuch Seite 58-91:
- Übungen zum Nachschlagen von Wortarten

58–91

3 Suche alle Nomen mit dem Anfangsbuchstaben **Y**. Schreibe sie mit den Artikeln in der Einzahl und in der Mehrzahl.

Nicht alle Nomen haben eine Mehrzahl.

der Yak, die Yaks

4 Suche alle Verben mit dem Anfangsbuchstaben **a**. Schreibe die Grundformen und die gebeugten Formen (Personalformen).

antworten, sie antwortet

5 Suche alle Adjektive mit dem Anfangsbuchstaben **m**. Schreibe sie mit den Beispielen.

möglich, das mögliche Ziel

58 – 91

1 Schlage die Wörter nach.
Schreibe die Wörter.
Schreibe die Seitenzahlen.

> ! Schlage die Einzahl des Nomens nach.
> Daneben findest du das Wort in der Mehrzahl.

Ich brauche  Stifte (85) zum Malen.

Lina fliegt mit dem  ________ ( ).

Emir spielt gern  ________ ( ).

Henri nascht die  ________ ( ) vom Baum.

Tom isst eine  ________ ( ) zum Frühstück.

Im Winter trägst du einen  ________ ( ).

2 Löse die Rätsel. Schlage die Lösungswörter nach.
Schreibe die Wörter. Schreibe die Seitenzahlen.

Das brauchen Vögel zum Fliegen: Flügel ( )

Eine Frucht, die gelb und sauer ist: ________ ( )

Danach suchen häufig Piraten: ________ ( )

Zu unserem Geld gehören Euro und: ________ ( )

Das klingelt mich aus dem Bett: ________ ( )

3 Schreibe eigene Rätsel zu Wörtern aus dem Wörterbuch in dein Heft.

Aufgaben zum alphabetischen Wortschatz für Klasse 2, Wörterbuch Seite 58-91:
- Sätze mithilfe des Wörterbuches ergänzen
- Rätsel lösen und Lösungswörter nachschlagen

58–91

1 Schlage die Wörter nach. Schreibe die Wörter.
Schreibe die Seitenzahlen.

a

In unserer Klasse stehen die  Tische (86)

in einem Kreis. Davor stehen  ____________ ( ).

An der Wand hängt eine  ____________ ( ).

Es liegen viele  ____________ ( ) bereit.

Ich habe eine  ____________ ( ) und

einen  ____________ ( ) in meiner Federmappe.

b

Die Klasse 2a besucht einen Bauernhof. Die Kinder

schauen zu, wie die  ____________ ( ) gemolken

werden. Die  ____________ ( ) grunzen.

Ein  ____________ ( ) gackert laut und legt dabei ein

 ____________ ( ). Zwei  ____________ ( )

jagen im Stall  ____________ ( ).

Ein  ____________ ( ) bewacht den Hof.

Aufgaben zum alphabetischen Wortschatz für Klasse 2, Wörterbuch Seite 58-91:
- Texte mithilfe des Wörterbuches ergänzen

Ein Gespür für Fehler entwickeln

58–91

1 Schlage die Wörter nach.
Schreibe die Wörter.
Schreibe die Seitenzahlen.

> Kontrolliere geschriebene Wörter und Sätze genau. Wenn dir eine Stelle im Wort merkwürdig vorkommt, schlage das Wort im Wörterbuch nach.

	das Grahs	das Gras	67
	der Herpst		
	das Kwadrat		

2 Markiere Stellen in den Wörtern, die dir merkwürdig vorkommen.
Schlage die Wörter nach. Schreibe die Wörter richtig.
Schreibe die Seitenzahlen.

a

	die Wellt	die Welt	60
	der Aimer		
	der Rink		
	das Beht		

b

baken		
erzelen		
rolen		
schauhen		

Aufgaben zum alphabetischen Wortschatz für Klasse 2, Wörterbuch Seite 58-91:
- Fehlersensibilität entwickeln, Wörter durch Nachschlagen im Wörterbuch korrigieren

Fehler in Sätzen finden

58–91

1 Schlage die unterstrichenen Wörter nach.
Streiche die falschen Wörter durch.
Schreibe die Seitenzahlen.

a

Wir gehen gerne in die Schule/~~Schuhle~~. 82

Ich warte auf eine Andwort/Antwort.

Alle Medchen/Mädchen melden sich.

Magst du Schport/Sport?

b

Wir mögen grose/große Geschenke.

Der Kallender/Kalender hängt an der Wand.

Am Samstag/Sammstag habe ich Geburtstag.

Du isst jeden Tag eine Hand voll Opst/Obst.

c

Morgen geht er zum Artzt/Arzt.

Ihm tut der Kobf/Kopf weh.

Das ist ein guter Gehdanke/Gedanke.

Sie schaut im Leksikon/Lexikon nach.

Aufgaben zum alphabetischen Wortschatz für Klasse 2, Wörterbuch Seite 58-91:
- Fehlersensibilität entwickeln: Zweifelsfälle durch Nachschlagen klären

58–91

1 In jedem Satz ist ein Wort falsch geschrieben.
Schlage die Wörter nach, die dir merkwürdig vorkommen.
Streiche die falschen Wörter durch und schreibe die Seitenzahlen.
Schreibe die Sätze richtig.

! Denke an die Punkte am Ende der Sätze.

a

Tara hat ein ~~Farat~~. 64

Tara hat ein Fahrrad.

Sie möchte jeden Tag damit ühben.

Tara kann schon gut lengen.

Auf der Straße ist viel Ferkehr.

Tara ist dort vorsichtik.

Tara macht das tol.

Aufgaben zum alphabetischen Wortschatz für Klasse 2, Wörterbuch Seite 58-91:
- Fehlersensibilität entwickeln: Wörter in Sätzen durch Nachschlagen prüfen

58–91

(b)

Wir ~~sterken~~ uns in der Klasse. 84

Wir stärken uns in der Klasse.

Gern ese ich Brot mit Salami.

Ich bin auch sehr durstik.

In meiner Vlasche ist Wasser.

In meiner Dose sind viele Pfiersiche.

Die schmecken lekker.

2 Schreibe zehn Wörter in dein Heft, bei denen du oft Fehler machst. Kontrolliere mit dem Wörterbuch.

Aufgaben zum alphabetischen Wortschatz für Klasse 2, Wörterbuch Seite 58-91:
- Fehlersensibilität entwickeln: Wörter in Sätzen durch Nachschlagen prüfen
- Fehlersensibilität entwickeln: eigene schwierige Wörter nachschlagen und richtig schreiben

1 Schlage nach und schreibe deine Lieblingswörter in die Felder.

(a) Lieblingswörter aus dem Themen-Wortschatz für Klasse 1 und 2

14–23

(b) Lieblingswörter aus dem alphabetischen Wortschatz für Klasse 1

28–53

(c) Lieblingswörter aus dem alphabetischen Wortschatz für Klasse 2

58–91

Aufgaben zum Themen-Wortschatz und zu den alphabetischen Wortschätzen für Klasse 1 und 2,
Wörterbuch Seite 14-23, 28-53, 58-91:
- Portfolio: Lieblingswörter sammeln und richtig aufschreiben